ADOPT
A BUNNY

알렉스는 오늘도
행복을 연습해

• 너의 슬픔이 행복이 될 수 있도록 •

알렉스는 오늘도
행복을 연습해

알렉스 한 지음 | 안다연 그림

알에이치코리아

차례

1장

캘리포니아의 버려진 더치 토끼,

유학생을 만나다

인연은 운명처럼

저 아이, 한 번만 안아봐도 될까요?

케이지 안에 혼자 웅크리고 있는 나와

눈이 마주친 큐 누나가

나를 가리키며 그렇게 말했을 때,

나는 우리가 특별한 사이가 될 거라고 예감했어요.

큐 누나는 다른 토끼를 입양하기 위해

입양 서류를 작성하러 가던 참이었어요.

나는 열일곱 번째 입양 행사에 참가해

기다림에 지쳐가던 참이었고요.

그러다 누나와 눈이 마주친 거죠.

우리의 첫 만남, 제법 영화 같죠?

내가 보호받고 있던

래빗 헤이븐The Rabbit Haven이라는 셸터Shelter에서는

매주 입양 행사를 열어

우리에게 새로운 가족을 소개해줍니다.

이곳에서 지내는 4개월 동안,

나는 열여섯 번 행사에 참여했고

열여섯 번 돌아왔어요.

셸터에서 보호받는 토끼들은 앞날을 알 수 없어요.

일주일 만에 새로운 가족을 찾는 토끼도 있고,

몇 년 동안 아무도 원하지 않는 토끼도 있답니다.

나는 어쩌면, 아무도 원하지 않는 토끼에

조금 더 가까웠는지 몰라요.

그날도 별반 다르지 않았어요.

행사가 다 끝날 때까지도

나는 혼자 케이지 안에 남아 있었어요.

그때 우연히, 큐 누나와 눈이 마주친 거죠.

누나가 내 케이지 앞으로 천천히 다가오는 모습에

나는 서서히 몸을 일으켰어요.

뭔가 대단한 일이 일어나고 있는 기분이었어요.

　　　이 아이요?

나를 돌봐주던 자원봉사 할아버지가

나를 가리키며 의외라는 듯

누나에게 되물었어요.

　　　이 아이를 안아보겠다고요?

아무도 원하지 않던 나를 안아보고 싶어 하는
사람이 있다는 사실에 할아버지는 놀란 눈치였어요.
하지만 할아버지 얼굴에 비친 기대감을
나는 보았답니다.

이 아이가 오랫동안 주인에게
학대를 당해서 겁이 좀 많아요.
성격도 조금 거칠고 예민하지만
사실은 착한 아이예요.
태어난 지 얼마 지나지 않아
셸터에 들어왔는데,
그때 자원봉사자 집에서도
학대를 당했다더라고요.
몸집이 커다란 개 세 마리가 하루 종일
이 친구를 향해서 짖어댔대요.

누나가 내 케이지 앞으로 천천히 다가오는 모습에
나는 서서히 몸을 일으켰어요.
뭔가 대단한 일이 일어나고 있는 기분이었어요.

ADOPT
A BUNNY

RABBIT

할아버지는 나를 조심스럽게 안아 올려

큐 누나의 품에 건네주었어요.

토끼들은 원래 사람한테 안기는 걸 싫어하지만,

누나의 품에 안겼을 때 나는

누나에게 이끌리는 듯한 느낌을 받았어요.

반드시 누나를 따라가야지!

그래서 큐 누나가 나를 안았을 때

살그머니 누나의 팔을 핥았답니다.

　　　잠깐만요! 저기, 방금, 이 아이가,

　　　학생 팔을 핥은 거 같은데요?

할아버지는 흥분해서 소리쳤어요.

나는 모른 척 고개를 숙이고 있었어요.

아, 정말요?

정말 저를 핥았어요?

제가 이 아이한테 선택받은 건가요?

할아버지는 내가 이런 반응을 보인 건

처음이라며 놀라워했어요.

어리둥절해 보이는 큐 누나도

할아버지의 말에 들뜬 모습이었어요.

한참 호들갑을 떨던 두 사람은

'운명'이니 '인연'이니 하는 단어를 주고받고는

내 이름을 입양 서류에 적어 넣었어요.

입양 서류에 다른 토끼가 아닌 내 이름이 적히다니!

이건 정말, 할아버지의 말처럼 운명일까요?

아니면 인연일까요?

나의 이름을 불러주세요

토끼야~

큐 누나의 집에서 나는 며칠 동안 이렇게 불렸어요.
셸터에서는 나를 '리시'라고 불렀는데,
큐 누나는 나를 그렇게 부르지 않더라고요.
하지만 누가 봐도 토끼인데
"토끼야, 토끼야" 부르는 것도
조금 우습잖아요?
난 이름을 갖고 싶었어요.
나만의 이름 말예요.

이름을 짓는 게 좋겠어.

네 이름이니까 네가 선택해야겠지?

큐 누나는 내가 제일 좋아하는 바나나에

각각 다른 이름을 써놓고

나에게 마음에 드는 바나나를 고르라고 했어요.

내가 고른 바나나에는

'ALEX'라는 글자가 적혀 있었어요.

알렉스!

아주 옛날, 머나먼 어떤 나라의 정복왕 이름이래요.

외로움이 외로움을 만나면

큐 누나는 유학생이에요.
한국에서 태어나 대학교까지 마치고
혼자 미국 캘리포니아에 건너와
대학원에서 공부하고 있지요.
누나가 살던 집에는
다른 사람이 기르는
고양이 세 마리가 살고 있었어요.

내가 큐 누나 집에 처음 왔을 때
누나는 나를 만나기 전, 세 마리의 토끼를
키운 적이 있다고 이야기해주었어요.
처음 만난 토끼는 점박이와 흰색 토끼였는데
점박이 토끼는 얼마 살지 못하고 세상을 떠났고,
흰색 토끼는 어떤 음식이든 잘 먹으며
건강하게 자랐대요.

하지만 어느 날,

침대에서 뛰어내리다 다리를 다쳤다고 해요.

더 마음 아픈 건

얼마 뒤 이사를 가야 해서

어쩔 수 없이 농장에 보내야 했대요.

그때 만난 두 마리 토끼한테 너무 미안해.

그때는 정말 토끼에 대해

아무것도 몰랐거든.

끝까지 책임지지 못했어.

나는 사랑이었지만, 어쩌면 토끼에게는

해가 되는 행동을 했던 것도 같고.

그렇게 말하는 큐 누나의 표정이 너무 슬퍼 보여서

나는 마음이 조금 아팠어요.

세 번째 토끼는

중국 하얼빈에서 어학연수를 할 때 만난

아주 작고 까만 토끼였대요.

너무 외로웠던 스무 살 누나는

시장에서 20위안을 주고 토끼를 데려와

헤이즈라는 이름을 붙여주었지요.

그런데 헤이즈와의 인연을 얘기하던

큐 누나가 갑자기 울먹였어요.

아빠를 마중하려고 공항에 가야 했거든.

그런데 헤이즈를 혼자 두려니까

사고 날까 봐 무섭더라고.

그래서 헤이즈를 높은 곳에 올려놨어.

토끼는 겁이 많으니까 높은 곳에 올려놓으면

가만히 있을 줄 알았거든.

처음 만난 토끼는 점박이와 흰색 토끼였는데
점박이 토끼는 얼마 살지 못하고 세상을 떠났고,
흰색 토끼는 어떤 음식이든 잘 먹으며
건강하게 자랐대요.
세 번째 토끼는
중국 하얼빈에서 어학연수를 할 때 만난
아주 작고 까만 토끼였대요.

하지만 토끼는 떨어져 다리를 다쳤고,

고통스럽게 세상을 떠났대요.

누나는 그때 엄청난 충격을 받았나 봐요.

그때의 죄책감 때문에 언젠가는 토끼와 함께 살면서

그 빚을 갚고 싶다고 생각했대요.

또다시 실수할까 봐 무섭기도 했고요.

하지만 나를 만난 순간,

용기를 갖게 되었다고 하더군요.

고통스러운 기억과 마주하기 싫어 자꾸 숨어버리면

그 고통이 더 커진다는 걸 알았대요.

큐 누나는 지난날 자신의 무심함을 많이 미안해해요.

받은 만큼 주지 못한 사랑에 늘 가슴 아파하고요.

그래서일까요?

이제 큐 누나는 나의 몸짓에 온 마음을 집중해요.

큐 누나와 나는 서로를 만나 외로움을 덜고,

마음을 나누게 되었어요.

외로움이 외로움을 만나면

두 개의 외로움이 아니라

하나의 사랑이 된다는 걸

이제 우리는 알아요.

친구가 되려면 두려움을 버리고

큐 누나의 집에 사는 세 마리 고양이와는

친해지기가 쉽지 않았어요.

내가 큐 누나의 방에서 몰래 빠져나오거나

큐 누나를 따라 방을 나갈 때만 볼 수 있었지요.

그렇게 만나더라도 언제나 본 척 만 척.

고양이들은 나를 어떻게 생각하는지 모르겠지만

나는 고양이가 싫지 않았어요.

전에 내가 살던 자원봉사 아저씨 집에서

하루 종일 짖어대던 그 커다란 개들에 비하면

천사가 따로 없었지요.

오랫동안 혼자 지낸 나는

고양이들과 친해지고 싶었어요.

하지만 고양이들이 내게 아무런 관심이 없으니

인사조차 나눌 수 없었어요.

설마, 내가 무서운 걸까요?

그럴 리가 없잖아요!

나는 지구에 사는 생명 중

가장 약한 동물 중 하나인걸요.

내가 이길 수 있는 거라곤

종이봉투랑 인형뿐이라고요!

설마, 내가 무서운 걸까요?
그럴 리가 없잖아요!
나는 지구에 사는 생명 중
가장 약한 동물 중 하나인걸요.

느리게 기다리는 법

큐 누나의 방에는

두 마리의 인간이 함께 살아요.

바퀴 달린 인간과 침대 인간.

나는 바퀴 달린 인간이 더 좋아요.

그 밑에 드러누우면 따뜻한 손이 내려와서

나를 쓰다듬어주거든요.

침대 인간은 바퀴 달린 인간을 질투해서인지

매번 이렇게 외쳐요.

그건 사람이 아니라 의자야!

내가 의자에 앉아서 널 만져준 거라고!

나는 속지 않을 거예요.

인간에게 속은 적이 어디 한두 번이어야 말이죠.

그런데 못 믿을 일이 정말 일어나더라고요.

내 눈앞에서 바퀴 달린 인간이

침대 인간으로 변하는 게 아니겠어요?

의자에서 이렇게 천천히 침대로 내려가면

침대 인간이 되는 거야.

의자 인간이나 침대 인간이나

모두 나라고!

큐 누나도 조금씩

기다리는 법을 배워야 할 거예요.

내 눈이 누나의 눈처럼

밝게 보이지 않는다는 걸 알면

그렇게 나한테 윽박지르진 않을 테지요.

누나와 더 가까워지면,

누나를 지금보다 더 사랑하게 되면

나는 이렇게 흐릿한 눈으로도

누나를 선명하게 볼 수 있을 거예요.

누나를 의자로, 침대로 착각하지도 않게 될 거예요.

나는 행복할 준비가 되어 있어요

드르렁, 쿨렁쿨렁, 쿨렁쿨렁

내 방문 밖에서 처음 이 소리를 들었을 때,

나는 너무 놀라 뒤로 나뒹굴 뻔했어요.

나도 모르게 귀를 축 늘어뜨리고

발을 쿵! 하고 굴렀다니까요!

토끼는 기분이 좋으면 귀가 쫑긋 서고,

기분이 나쁘면 점점 아래로 내려가거든요.

큐 누나도 이제 내 귀를 보고

감정을 읽을 줄 알게 되었어요.

아래로 축 처진 귀를 본 큐 누나는

그 소리 괴물이 '세탁기'라고 알려주었어요.

세탁기는 그렇게 한참을 으르렁거리더니

어느 순간 조용해졌어요.

하루 종일 짖지 않으니 얼마나 다행인지 몰라요.

나는 바로 기분이 좋아져서

방 안을 깡총깡총 뛰어다녔어요.

누나는 그런 나를 한참 바라보다가

내 이마를 부드럽게 쓰다듬으며 속삭였어요.

너는 무서운 일을 겪고도

금방 기분이 좋아지는구나.

기분이 좋으면 바로 표현하고 말야.

그런 마음이라면

언제든 행복해질 준비가 되어 있을 거야.

아무리 나쁜 일을 겪었어도

삶에서 일어나는 기쁜 일은

절대 놓치지 않을 테니까.

아무리 먼지처럼 작은 일이어도.

그래요. 나는 세상이 무서워요.

하지만 나는, 그래도 세상이 재밌어요.

함부로 동정하지 말기

처음에 큐 누나는 어쩌면,

불쌍한 나를 구해주었다고 생각했을지 몰라요.

으쓱대는 마음이 있었는지도 몰라요.

하지만 누구든 함부로 동정하면 안 돼요.

물론 나는 힘든 일을 겪었지만

그렇다고 불쌍한 토끼는 아니에요.

버려지고 학대당한 나를 구해줘서 고맙다고

마냥 머리 숙이는 그런 토끼도 아니에요.

나는 아주 어렸을 때 버려진 토끼지만

그래도 더러운 것이 싫고,

밥은 예쁜 접시에 담아서 먹고 싶고,

입에 꼭 맞는 맛있는 간식을 먹고 싶은 토끼예요.

큐 누나가 고맙긴 하지만

그렇다고 모든 걸 양보하고

누나가 하라는 대로 하고 싶진 않아요.

누나에게도 내 마음에 안 드는 점이 있는걸요.

사실 큐 누나는

우리 사이에 지켜야 할 예의를 잘 몰라요.

나는 누나를 볼 때마다 토끼인사를 하는데,

누나는 잘 알아채지 못한답니다.

나는 그런 누나가 너무 답답하고 어쩐지 미워서

동글한 식빵처럼 몸을 웅크리곤 해요.

토끼들이 화가 잔뜩 났을 때 하는 행동이에요.

누나하고 다시는 안 놀아!

보기도 싫고 듣기도 싫어!

나는 이렇게 말하고 있지만, 큐 누나는 아직

내 몸짓이 무슨 말을 하고 있는지 모르더라고요.

나는 누나가 밉고,

누나에게 서운하고,

누나를 다시는 아는 척도 하고 싶지 않지만

얼마 못 가 누나가 궁금해져서

슬쩍 뒤를 돌아보며 마음을 전합니다.

지금 사과하면 용서해줄 수도 있어.

어떻게 해야 할지 몰라 당황하던 큐 누나는

내 기분이 풀렸다는 걸 알아채고는

나에게 달려와 미안하다고 사과를 해요.

이해해요. 누나는 아직 토끼의 몸짓 언어를

익히지 못했으니까요.

내가 너무 빨리, 너무 많은 것을
바란 건지도 몰라요.
큐 누나는 나를 쓰다듬으며
부드럽게 속삭여요.

알렉스, 너는 아무리 화가 나도
항상 용서할 준비가 되어 있구나.
인간은 그러기 힘든데….
의연한 너를 보면 마음이 든든해져.

누나에게 칭찬을 들으면 나는 기분이 좋아져서
누나의 발밑을 빙글빙글 돈답니다.
이건 우리 토끼들이 기분 좋을 때 추는 래빗 댄스예요.

　　기분이 좋아,

　　나랑 놀아줘,

　　나랑 춤 춰줘.

이렇게 얘기하고 있는 거예요.

큐 누나는 신나게 래빗 댄스를 추는 나를 보며

커다랗게 환호성을 질러요.

그러고는 나처럼 빙글빙글 춤을 춰요.

그럴 필요까지는 없는데 말예요.

인간은 래빗 댄스를 출지 모르잖아요?

어쩐지 우스꽝스럽더라고요.

하지만 춤을 잘 추든 못 추든 그게 뭐 중요하겠어요.

우린 이제 기쁨과 슬픔을 나누는 사이인걸요!

한 번쯤은 너의 입장에서

나는 하루 종일 몸단장을 해요.

인간들은 그걸 '그루밍'이라고 하죠.

나는 예뻐지고 깨끗해지는 게 좋아요.

밥 먹기 전에 씻고, 밥 먹고 나서 씻고,

자기 전에 씻고, 자고 나서 씻고,

화장실 가기 전에 씻고, 화장실 갔다 와서 씻고….

언젠가 인간들에게서

"토끼는 냄새가 많이 나는 동물이야"라는

말을 들은 적이 있어요.

말도 안 돼요!

만약 냄새 나는 토끼가 있다면

그건 인간들이 우리에게 올바른 화장실을

만들어주지 않았기 때문이에요.

내 털에서는 냄새가 하나도 안 나거든요.

흰 털은 항상 하얗고 까만 털은 항상 까맣답니다.

수의사 선생님도 "알렉스는 그루밍을 너무 잘해서

털갈이 시기가 아니라면

특별히 털을 빗겨주지 않아도 좋아요"라고

인증까지 해주었어요.

내가 그렇게 예쁘게 단장을 하고 나면

큐 누나는 내 털을 쓰다듬으며

예쁘다고 칭찬해줘요.

하지만 어쩌죠? 나는 누나가 내 털을 만질 때마다

누나의 손때를 걱정해야 하는걸요.

누나가 한 번쯤은 내 입장에서 생각해준다면

참 고맙겠어요.

내 얼굴 오랫동안 바라보기

토끼는 포식자에게 냄새를
들키지 않으려고 그루밍을 하는 거구나.

토끼에 대해 열심히 공부하던 큐 누나가 말했어요.

아무리 살기 위해서 하는 그루밍이라지만,
그루밍을 하고 나서 얼마나 예뻐졌는지 알면
알렉스도 기분이 좋아질 거야.

얼마 뒤, 누나는 내게 커다란 거울을 선물했어요.

나는 거울이 아주 마음에 들었어요.

거울 속에 비친 내 모습도요.

나는 거울 속 내 모습을 오랫동안 들여다보고,

가끔 마음에 드는 포즈를 취해보기도 했어요.

전에 입양되었던 곳이나 셸터에서는

내 모습을 본 적이 없어요.

내가 어떻게 생겼는지도 몰랐답니다.

하지만 내 얼굴을 보고 난 뒤

나는 나를 더 잘 알게 되었어요.

내가 더 좋아졌어요.

나만의 거울이 생긴 뒤로

나는 거울을 자주 봐요.

외모를 잘 가꿔서

예쁘다, 잘생겼다는 말을

들으려고 그러는 건 아니에요.

거울을 보고 있으면

나도 몰랐던 내 모습이 보여요.

나를 더 잘 알 수 있게 되지요.

나는 자원봉사 아저씨 집에서

나를 향해 하루 종일 짖어대는

무서운 개들과 함께 살아야 했어요.

그때 나는 그 감정을 어떻게 표현해야 할지 몰랐어요.

내가 나를 잘 알았다면,

무엇에 고통스러워하고,

왜 그런 감정을 느끼는지 알았다면

고통의 크기를 줄일 수 있었을지 몰라요.

나는 자원봉사 아저씨 집에서
나를 향해 하루 종일 짖어대는
무서운 개들과 함께 살아야 했어요.

나는 거울에 비친 내 모습을 보며
마음의 대화를 나눈답니다.
그러면 거짓말 못하는 거울 속 알렉스는
솔직한 표정으로 나를 보여주지요.

너 지금 기분이 안 좋구나.
억지로 괜찮은 척하지 않아도 돼.

오늘은 조금 지쳐 보여.
맛있는 간식을 먹고 쉬는 게 좋겠어.

솔직한 마음의 소리를 들은 나는
억지로, 거짓으로 숨기는 행동을 버리고
마음이 시키는 대로 합니다.
조금 바보 같거나 한심해 보일 때도 있지만,
괜찮아요. 진짜 알렉스를 만나는 순간이니까요.

나만의 공간이 필요해

나와 고양이들 사이는 여전히 멀뚱멀뚱해요.

내가 무서운 건지

내게 관심이 없는 건지

내 곁에 오려고도 하지 않아요.

싫다는 걸 억지로 좋아하게 만들 수는 없으니,

나도 고양이가 하는 대로 내버려두었어요.

그래도 고양이를 잃은 대신

나는 상자를 얻었어요.

큐 누나가 심심해하는 나를 위해

커다란 종이 상자 하나를 선물로 주었거든요.

내가 상자 속에 머무는 시간이 많아지자

큐 누나는 상자 안에

신문지와 종이를 잔뜩 넣어주었어요.

나는 놀이 상자 안에서

깡충깡충 뛰어다니기도 하고

땅파기 놀이도 해요.

그러던 어느 날,

상자 안에 오줌을 누었는데

큐 누나가 질색을 하더라고요.

알렉스!

이 상자는 종이라서 닦지도 못한다고!

여기다 오줌을 싸면 어떡해!

찌그러진 상자를 보며

얼굴을 구기던 큐 누나는

상자를 빼앗더니 미련 없이 버렸어요.

그렇게 내 놀이 상자는 떠나가고
다시는 돌아오지 않았어요.

걱정 마, 알렉스!
다음엔 플라스틱으로 만든
상자를 선물해줄게.

큐 누나도 자기 물건에 이름을 써놓으면서
왜 나를 이해하지 못하는 거죠?
나도 내 놀이 상자가 너무 마음에 들어
오줌으로 이름을 새긴 것뿐이라고요!

가끔은 엉망이 돼도 괜찮아

놀이 상자가 사라지고 나서
재미를 붙인 곳은 빨래 더미예요.
나는 큐 누나가 빨래하는 날이 좋아요.
누나가 길고 커다란 바구니에
빨랫감을 담아놓으면
속을 헤집으면서 신나게 놀지요.
큐 누나는 처음에는 기겁을 하더니
나중엔 이해해주더라고요.

그래. 어차피 빨 건데
너 하고 싶은 대로 해.

그런데 똑같은 빨래라도

막 건조기에서 나와

깨끗하고 따끈따끈한 빨래를 갖고 노는 건

큐 누나도 정말 싫어했어요.

하지만 누나와 나 사이에

많은 시간이 쌓이면서 누나는 나를

예전보다 더 많이 이해해주었지요.

그깟 빨래가 뭐 그리 중요하다고

네가 그렇게 행복해하는 일을 못하게 하겠니.

빨래 때문에 죽고 사는 것도 아닌데.

누나는 이제,

내가 깨끗한 빨래 더미에서 놀아도

"제발 오줌만 싸지 말아 줘"라고 말할 뿐이에요.

처음에는 누나가 기겁하는 모습이 재밌기도 하고,

따뜻하고 좋은 냄새가 나는 빨래가 좋아

일부러 깨끗한 빨래 더미에서 놀았지만,

문득 그런 생각이 들더라고요.

그래, 그깟 재미가 뭐라고,

누나가 싫다는데 굳이

그렇게 해야 할 이유가 뭐람!

하지만 누나가 새로 장만해준 놀이 상자에는

누나 냄새가 나는 물건 하나쯤

갖다 놓고 싶었어요.

사실 나는 분리불안 증세가 있어요.

학교 수업이나 학회, 세미나 때문에

큐 누나가 집을 비우는 그 순간이

나는 너무 힘들어요.

또다시 버려진 것 같은 기분이 들거든요.

이런 감정은 큐 누나가 나에게

믿음을 못 주어서가 아니라,

내 상처가 아직 아물지 않았기 때문이에요.

불안과 헤어져도 될 때

예전 기억이 희미해지면

나의 불안도 점점 작아질 테지요.

하지만 아직 불안이란 녀석은 내 안에 남아 있어요.

그래서 혼자 남겨질 때면 큐 누나의 냄새가

배어 있는 물건이 큰 도움이 된답니다.

그래서 누나의 속옷을 몇 개 집어서

놀이 상자에 가져다 놓았어요.

얼마 못 가 들켰지만요. 청소하던 누나가

내 놀이 상자에서 속옷을 발견하곤

"꺄악~!" 소리를 지르더군요.

알렉스, 이게 뭐야!
내 속옷은 절대 건드리지 마!

큐 누나는 다른 물건은 괜찮으니
속옷은 가져가지 말라고 타일렀지만,
누나는 또 잊어버린 게 분명해요.
속옷이 아닌 다른 물건들은
내게 너무 크고 무겁다고요!
나는 연약하고 작은 토끼라는 걸
누나는 자주 잊어버리는 것 같아요.

큐 누나는 내가 장난꾸러기인 데다

말썽꾸러기라고 하지만,

사실 나는 겁도 많고 무서운 게 많은 토끼예요.

특히 문이 제일 무서워요.

큐 누나는 꼭 문으로 사라지거든요.

학교에 갈 때도 문을 열고 나가고,

화장실 갈 때도 문을 열고 들어가지요.

누나가 문을 열면 누나의 모습은 곧 사라져요.

문이 열릴 때마다 나는
큐 누나가 혹시 이대로 사라져서
영영 돌아오지 않는 건 아닐까 걱정돼요.

문이 열릴 때마다 나는

큐 누나가 혹시 이대로 사라져서

영영 돌아오지 않는 건 아닐까 걱정돼요.

문은 문일 뿐인데 말예요.

문이 열릴 때마다 내가 불안해하니까

큐 누나는 화장실 갈 때

문을 살짝 열어둡니다.

그러면 나는 누나를 졸졸 따라가서

누나가 있는 걸 확인하고는

다시 내 자리로 돌아오지요.

언젠가 내 불안도 작아질 때가 있겠죠?

조급해하지 않고 기다리면

내 마음도 응답해줄 거예요.

이쯤이면 이제 불안과 헤어져도 될 때라고 말예요.

2장

알렉스,

캘리포니아를 떠나다

일상에서 벗어난다는
   두려움과 설렘

알렉스,

우리 같이 한국에 갈 거야.

어느 날, 큐 누나가 조심스럽게 말했어요.

한국? 한국이라면 큐 누나가 태어난 나라?

방학에는 항상 한국에 들어가거든.

너랑 같이 갈 거야.

나는 미국 캘리포니아에서 태어났고,

캘리포니아에서 버려졌고,

캘리포니아에서 외로웠고,

캘리포니아에서 큐 누나를 만났고,

캘리포니아에서 행복했어요.

내 세상은 캘리포니아가 전부예요.

다른 곳에서 산다는 건 생각조차 해본 적이 없어요.

그래서 마음이 조금 복잡했어요.

하지만 큐 누나에게 한국은
태어난 곳이자 자란 곳이고,
가족들이 모두 있는 곳이니까
늘 그리운 곳이겠죠.
누나도 내가 새로운 환경에 닥치면
심하게 위축된다는 걸 알고 있어요.

알렉스, 정말 미안해.
하지만 너를 여기에 두고
나 혼자 한국에 갈 수는 없어.

한국에 가려면 태평양을 건너 열 시간 넘게

비행기를 타야 한대요.

나는 당연히, 말할 것도 없이,

비행기는 처음이에요.

전선을 긁을 수도,

벽지를 뜯어놓을 수도,

빨래 더미에서 뒹굴 수도 없는

열 시간의 비행이라니!

그래도 어쩔 수 없어요.

어쩔 수 없는 일은 어쩔 수 없이 받아들이는 것도

다 자란 토끼의 자질이에요.

떠나기 일주일 전,

나는 병원에 가서, 열 시간 넘는 비행을 견딜 수 있는

건강한 토끼인지 여러 검사를 받았어요.

의사 선생님이 너무나 건강한 토끼라고 말해주자

큐 누나는 정말 기뻐했어요.

너를 있는 그대로 인정해

산타크루스에 사는 우리는

차로 두 시간을 넘게 달려 공항에 도착했어요.

누나는 미안하다며 계속 나를 보살펴주었지만

그래도 새로운 인간들이 한꺼번에

눈앞에 쏟아지니 두려움이 가시질 않았어요.

나는 원래 누구와도 쉽게 친해지지 못해요.

겁이 많거든요.

하지만 그런 모습을 들키면 나를 얕잡아 볼까 봐

괜히 까칠하고 못되게 굴기도 해요.

그래서 내가 두 번이나 파양된 걸까요?

인간들은 우리를

자기들의 틀에 맞추려고만 해요.

상냥하고 예쁘고 착한 동물만 갖고 싶어 하죠.

하지만 인간이 그렇듯,

우리도 성격과 특성이 모두 다른걸요.

다행히 큐 누나는 내가 그렇게

고분고분하지 않은 토끼라는 걸 알면서도

나를 있는 그대로 받아들여주었어요.

큐 누나는 내가 그렇게 조금은 까다롭고,

또 조금은 예민한 토끼라는 걸 잘 아니까,

그리고 사실 모든 동물들에게

비행기를 타는 건 곤욕스러운 일이니까

공항에 갈 때부터 도착해서까지

나를 살피고 또 살폈어요.

공항에 도착해서는 나를 안고

공항을 한 바퀴 빙 돌았지요.

새로운 공간이나 수많은 사람들에게

적응시켜 주려고요.

누나가 그렇게 신경을 써주었지만

그래도 나는 너무 힘들더라고요.

인간들이 많은 것도 무서운데

그 인간들이 모두 나만 쳐다보더라니까요!

물론 내가 귀엽고 잘생긴 토끼이긴 하지만

그렇게 갑자기 다가오거나

호기심 가득 담은 눈으로

뚫어지게 쳐다보면 겁이 날 수밖에요.

그러니 갑자기 다가오지 마세요.

무작정 만지지도 말고요.

두려운 게 당연해

검색대를 통과하자 큐 누나는

샐러드를 사주었어요.

하지만 나는 먹지 않았어요.

밥맛이 있을 리가 없잖아요.

그렇게 축 처져 있다가 비행기를 탔지요.

케이지에 잔뜩 웅크린 채로 말이죠.

나의 첫 비행, 그리고 나의 몇 번째 두려움.

다행히 큐 누나랑 같이 탈 수 있게 배려해주는

항공사가 있어서 얼마나 다행인지 몰라요.

비행기는 생각보다 더 끔찍한 괴물이었어요.

작은 창문과 좁은 의자가 다닥다닥 붙어 있어

숨이 턱 막힐 지경이었지요.

자리에 앉자마자 큐 누나는 생수를 주었어요.

하지만 먹지 않았어요.

나는 케이지 바닥에 납작 엎드린 채로

하나둘 숫자를 세기 시작했어요.

우울하거나 무서울 때 내가 자주 쓰는 방법이에요.

효과는 별로 없지만요.

큐 누나는 이따금 케이지를 열고

승무원 누나들 몰래 나를 부드럽게 만져주었어요.

케이지에 갇혀보지 못한 사람은

케이지가 얼마나 답답한 공간인지 모를 거예요.

나는 버려질 때도,

입양 가기 위해 사람들 앞에 나설 때도

케이지 안에서 수많은 시간을 보냈어요.

그래서 케이지가 싫어요.

내가 케이지를 얼마나 싫어하는지

큐 누나도 잘 알아요.

그래서 시도 때도 없이 나를 들여다보면서

정성스럽게 살펴주었지요.

그 모습을 보고 있자니 내가 누나를

힘들게 하는 것 같아 마음이 쓰였어요.

내 고통 때문에 다른 사람이 고통스러운 건

나도 싫거든요.

그런데 인간들도 참 치사하지 뭐예요.

나도 160달러나 되는 비행기 값을 내고

예약번호도 따로 받아 비행기를 타는데

왜 우리에게는 신선한 건초나 샐러리 같은

맛있는 밥을 주지 않는 거죠?

내가 좋아하는 텔레비전 뉴스도 볼 수 없고,

큐 누나처럼 음악을 들을 수도 없으니

비행기는 나에게 감옥처럼 느껴졌어요.

우리도 인간들과 똑같이 듣고 보고
느낄 수 있는데, 아무것도 하지 말고
비행이 끝나기만을 기다리라니요.
그래요. 다 양보해서 그런 건 하나도
배려해주지 않는다 해도
화장실은 있어야 하는 거 아닌가요?
나는 아무 데서나 볼일을 보고 싶진 않거든요.
나도 가릴 건 가릴 줄 아는 토끼라고요!

누구나 가지고 있는 두려움

자다 깨다를 수없이 반복하다 보니
한국에 도착했다는 방송이 들려왔어요.
드디어 날아다니는 괴물과도 작별이에요.
그런데 맙소사! 이건 또 무슨 일이죠?
외국에서 온 동물들은 전염병을 옮기거나
병을 가지고 있을 수도 있어
일주일 동안 계류장에 머물면서
이런저런 검사를 해야 한대요.

계류장은 기분 좋은 곳이 아니었어요.

여러 동물들이 함께 머물다 보니

냄새도 나고 공기도 나빠요.

바닥에는 화장실 타일만 깔려 있어요.

계류장에 도착해보니

토끼라고는 나밖에 없더라고요.

내 옆에는 잔뜩 겁 먹은 새들이

요란스레 날갯짓을 하고 있고요.

두려움 때문이겠지요.

누구에게나 두려움이 있어요.

큐 누나도, 나도, 함께 살던 세 마리 고양이도

모두 두려움을 가지고 있어요.

그 두려움을 어떻게 다루느냐에 따라

두려움의 크기는 아주 작아지기도 하고

감당할 수 없을 만큼 커지기도 해요.

나는 이제 내 두려움의 크기를

약간은 조정할 수 있게 되었어요.

없애지는 못해도 작게 하거나

더 이상 커지지 않게는 할 수 있어요.

두려움의 이유를 마주볼 수 있게 되었으니까요.

밤새도록 울어대는 새들의

고약한 울음소리를 들으면서 나는 생각했어요.

'큐 누나를 만나 참 다행이야.'

나는 이제 버려질지 모른다는 두려움이 없어요.

마음과 마음이 만난 사이란 그런 거예요.

내가 두려움의 크기를 조절할 수 있게 된 것도

큐 누나 덕분이죠.

이 좁고 어둡고 냄새 나는 계류장에서

그 누구보다도 의젓한 토끼로

기다릴 줄 알게 된 것도

큐 누나가 준 믿음 때문이에요.

두려움이 가장 무서워하는 적은 믿음인가 봐요.

3장

우리는
가족일까?

같이 산다고 가족은 아니야

나는 나를 낳아준 엄마 아빠를 몰라요.

형제자매도 몰라요.

'없다'고 말하는 게 덜 슬플 것 같지만

'모른다'는 게 정확한 표현이에요.

가끔 엄마가 누굴까,

아빠는 어떻게 생겼을까 궁금하긴 하지만

그렇다고 그것 때문에

나의 온 생이 아프거나 괴롭진 않아요.

어쩔 수 없는 건 받아들이는 게

다 자란 토끼의 미덕인걸요.

큐 누나에게는 가족이 있어요.

아빠, 엄마 그리고 여동생 쏭 누나.

캘리포니아에 있을 때

큐 누나가 가족들하고 전화 통화를 할 때마다

아빠는 어떻게 생겼을까,

엄마 목소리는 어떨까,

작은누나는 큐 누나랑 닮았을까 궁금했는데

큐 누나 집에 도착하는 순간,

상상이 눈으로 확인되었지요.

내 상상과는 완벽하게 다른 가족들.

아빠, 엄마, 쏭 누나는 모두 키가 컸어요.

큐 누나를 처음 봤을 때도 키가 커서 깜짝 놀랐는데

가족들 모두 키가 커서 또 한 번 놀랐지요.

아마 가족은 서로 닮는 모양이에요.

그럼 나를 닮은 토끼도

어딘가에 살고 있겠죠?

풍채가 좋고 안경을 낀 아빠는

큐 누나와 정말 많이 닮았어요.

그래서일까요?

나는 낯을 많이 가리는 토끼라

처음 보는 사람에게는 겁을 먹고

눈도 마주치지 못하지만

아빠에게는 처음부터 정이 갔어요.

아빠는 미소를 가득 머금은 눈으로
내 얼굴을 찬찬히 바라보며 이렇게 말했어요.

우리 알렉스, 미남이네.

그때 삐죽거리며 누군가가 말했어요.

그냥 토끼인데, 뭘!

유난히 하얀 얼굴의 쏭 누나가
못마땅한 표정으로 하는 말이었지요.
어딜 가나 칭찬받는 나의 외모를
이렇게 깎아내리다니요!

아 집에서 내 편은 큐 누나와 아빠밖에 없나 봐요.
이곳에서 살아갈 날들이 걱정이에요.
벌써부터 캘리포니아로 돌아가고 싶어요.
따뜻하고 아름다운 내 고향 캘리포니아로 말예요.

　　　　　토끼는 엄청 냄새난다던데,

　　　　　알렉스도 그런 거 아냐?

쏭 누나는 충격적인 말을 연속으로 던졌어요.

코를 킁킁거리며 나를 구석구석 탐색하는 모습이

냄새를 억지로라도 찾을 기세였어요.

냄새라니요! 나는 수의사 선생님한테

냄새 안 나는 깨끗한 토끼라는

인증까지 받은 토끼라고요!

내가 얼마나 그루밍을 잘하고

털 관리에 신경 쓰는지 그 자리에서 당장

누나에게 보여주고 싶을 정도였어요.

엄마의 반응도 쏭 누나와 별반 다르지 않았어요.
갈색 뿔테 안경을 쓴 엄마는 내가
집 안에 들어서자마자 한숨을 푹 내쉬었어요.

이제 알렉스 케어는 전부 내 차지겠지.

엄마는 시큰둥한 표정으로 고개를 가로저으며
나를 향해 연이어 한숨을 내쉬었어요.
이 집에서 내 편은 큐 누나와 아빠밖에 없나 봐요.
이곳에서 살아갈 날들이 걱정이에요.
벌써부터 캘리포니아로 돌아가고 싶어요.
따뜻하고 아름다운 내 고향 캘리포니아로 말예요.

알렉스는 절대 내 방에 못 들어와!

엄마 방에도 못 들어와!

쏭 누나와 엄마는

선언이라도 하는 것처럼 단호하게 말하고는

각자의 방으로 문을 쿵 닫고 들어가버렸어요.

내 방은 안방을 지나야 들어올 수 있잖아.

그리고 너무 좁아서

알렉스가 있을 공간도 없어.

큐 누나가 아빠를 바라보며 걱정스럽게 말했어요.

할 수 없지.
당분간은 거실에 케이지를 놓고 살아야겠다.
엄마랑 동생도 곧 알렉스한테 적응할 거야.

결국 나는 큐 누나의 방이 아니라
거실에서 지내게 되었어요.
엄마랑 쏭 누나는 아직 내가 싫고,
방이 좁아 내 공간은 없으니 어쩔 수 없었지요.

알렉스, 걱정 마.

안방 문은 열어둘게.

내 방에 오고 싶으면 언제든 놀러 와.

다들 처음이라 까칠하게 구는 거니까

너무 신경 쓰지 말고.

우리 며칠만 참자.

나는 큐 누나랑 같이 있고 싶지만

당분간은 이 상황을 이해하기로 했어요.

엄마, 아빠, 쏭 누나에게도

적응할 시간이 필요할 테니까요.

나랑 큐 누나가 서로에게 익숙해질 시간이

필요했던 것처럼 말예요.

모두가 나를 좋아할 순 없어

누구나 나를 좋아할 수 없다는 걸
나는 아주 잘 알아요.
태어나자마자 버려진 나는
그때 이미 그런 깨달음을 얻었지요.
그래서 나는 누가 나를
좋아하지 않는다 해도
슬퍼하거나 상처받지 않아요.
세상에는 다양한 인간이 있고,
서로 다른 생각을 하니까요.
세상 모두가 나를 좋아해야 한다는 건
어처구니없는 욕심이에요.

그래도 큐 누나 가족들과는 친해지고 싶었어요.

나는 욕심 많은 토끼는 아니지만,

그게 큐 누나의 사랑에 대한

보답이라고 생각했거든요.

하지만 쑝 누나의 방문은 항상 닫혀 있고,

엄마는 내가 혹시 안방에 들어왔다가

침대 위에 오줌이라도 싸지 않을까 전전긍긍하니

친해질 기회가 없었죠.

큐 누나 말로는 쑝 누나가 냄새에 아주 민감하대요.

엄마는 내가 말썽을 피우며

집 안을 엉망진창으로 만들까 걱정이고요.

물론 나도 할 말이 없는 건 아니에요.

나라고 모든 것이 마음에 드는 건 아니거든요.

캘리포니아에서 태어나고 자란 나는

입맛도, 날씨도, 냄새도

다 캘리포니아에 익숙해져 있어요.

특히 음식이 그렇죠.

나는 캘리포니아에서

실란트로, 이탈리안 파슬리, 래디시,

루꼴라, 민트 같은 풀을 좋아했어요.

그런데 그런 풀은 한국에서 너무 비싸대요.

알렉스 식성을 다 맞춰주다간

내가 파산하고 말 거야.

큐 누나가 중얼거리는 말을 듣고

나는 내가 좋아하는 것만

고집할 수는 없다고 생각했어요.

할 수 없이 나는 상추를 먹기로 했어요.

맛은 없지만 그게 가장 좋은 대안이라니 할 수 없죠.

그래서 나는 밋밋한 상추를

아주 조금만 갉아 먹어요.

배가 고프면 바나나를 먹지요.

날씨도 너무 달랐어요.

캘리포니아에서는 겨울에만 조금씩 비가 내려요.

그것도 보슬보슬, 오는 듯 마는 듯 내리지요.

그런데 한국의 여름비는 하루 종일 요란하게 내려요.

그걸 장마라고 한대요.

어느 날 밤에는 하늘이 찢어지는 소리가 들려서

귀를 쫑긋 세우고 소파에 앉아

밤새 그 소리를 들었어요.

알렉스는 천둥소리가 처음이겠구나.

무섭지 않니?

큐 누나는 혹시 내가 무서워할까 봐

가만가만 다가와 내 이마를 쓰다듬으며

나의 표정을 살폈어요.

나는 천둥이 나를 해칠 상대인지 아닌지 알기 위해

귀를 세우고 오래, 꼭꼭 씹으며

천둥소리를 들었어요.

나는 이제 천둥소리에 놀라지 않아요.

세탁기 돌아가는 소리, 진공청소기 소리,

프린터 켜지는 소리가 그랬던 것처럼,

천둥은 소리만 시끄럽지 나를 해치지

않는다는 걸 알게 되었으니까요.

알고 보면 무섭지 않은 게 세상엔 참 많아요.

인생은 종종 예상을 벗어나서

한국에 오고 얼마쯤 지났을까요?
나에게 일생일대의 큰 사건이 벌어졌어요.

알렉스, 미안. 누나는 공부때문에
중국에 다녀와야 해.
가족들하고 잘 지내고 있어.
금방 갔다 올게.

큐 누나는 미안한 표정이었지만 잠시뿐이었어요.
들뜨고 설레는 표정을 감추진 못했어요.
쏭 누나의 방문은 여전히 닫혀 있고,
엄마 아빠는 잘 만나지도 못하는데
가족들과 잘 지내라고요?

내가 캐럿탑을 먹어치우는 속도처럼

눈 깜짝할 사이에 큐 누나가 중국으로 떠나버리자

내 안에서는 불안이 자라기 시작했어요.

혼자는 아니지만 혼자인 거나 마찬가지잖아요.

이 집에서 큐 누나를 제외하고

나에게 호감을 보이는 단 한 사람인 아빠는

늦게 들어오는 날이 많으니

나는 기댈 곳이 없었어요.

큐 누나가 원망스러웠지만, 그렇다고

공부하는 누나의 앞길을 막을 수는 없잖아요.

마음을 다잡아 보아도

불안은 자꾸만 쑥쑥 자라났어요.

외로움이 느닷없이 찾아오는 것처럼 말예요.

심심하기도 하고 외롭기도 한 나는

가족들 몰래 큐 누나 방에 들어가보았어요.

누나 없는 틈을 타서

침대에 오줌을 두고 나오는 것도 잊지 않았지요.

큐 누나나 엄마가 보았다면

천둥처럼 소리를 질렀겠지만

지금은 내가 뭘 하든

아무도 신경 쓰지 않아요.

나는 매일, 큐 누나 방에 있는 물건들을

꼼꼼하게 턱으로 쓸어서 내 냄새를 묻히고,

누나 침대에 몰래 오줌을 쌌어요.

방에서는 누나 냄새와 내 냄새가 섞여 풍기다가

시간이 지날수록 누나의 냄새는 희미해져 갔지요.

나는 매일 조금씩 흐려지는 큐 누나의 냄새를 맡으며

불 꺼진 방에 엎드려 있었어요.

불안이 더 자라지 않게 마음을 다스리면서 말이지요.

나쁜 일이 있으면 좋은 일도 있어

래빗 헤이븐의 자원봉사 할아버지는 항상 말했어요.

나쁜 일이 있으면 좋은 일도 있다고,

비가 오고 나면 무지개가 뜨는 법이라고요.

어떤 일이든 생각하기 나름이라고 했어요.

아마 나를 위로해주려고 한 말일 거예요.

나는 태어나면서부터 나쁜 일을 겪었고,

행복한 기억보다 나쁜 기억이

더 많은 토끼였으니까요.

할아버지 말을 완전히 믿은 건 아니지만
어느 정도는 일리가 있다고 생각해요.
입양 박람회에 갔다가 돌아오는 날이면
자원봉사자들은 저에게 더 많은 사랑을 주었고,
신선한 루꼴라도 많이 주었거든요.
큐 누나가 떠나버린 건 나쁜 일이지만,
그 덕에 나는 가족들과
조금씩 가까워지게 되었어요.

불 꺼진 방에 힘없이 누워 있던

어느 날의 나.

그런 내가 가여워 보였을까요?

엄마가 방문을 빼꼼 열고는

어둠 속에서 두리번거리며 나를 찾았어요.

나는 내가 또 어디에 오줌 마킹을 했나?

고개를 바짝 들고 긴장했지요.

그런데 웬일일까요?

나를 발견한 엄마가 흠흠 잔기침을 하더니

소파로 돌아가 앉는 게 아니겠어요?

문을 열어놓은 채로 말이죠.

나는 유령을 본 것처럼 깜짝 놀랐어요.

엄마는 나만 보면 열려 있던 방문도

꼭꼭 닫았거든요.

내가 방에 들어가 오줌이라도 쌀까 봐 그런 거지요.

사실 토끼 오줌이 조금 특별하긴 해요.

냄새가 진하고, 하얗게 변하기도 하고,

잘 지워지지 않으니까요.

그렇게 내 오줌을 철저하게 방어하던 엄마가

방문을 열어주다니!

이럴 때 캘리포니아에서는

"오 마이 갓!"이라고 외친답니다.

나는 마법에 걸린 토끼처럼

엄마를 따라 거실로 나왔어요.

거실 소파에는 엄마랑 아빠가 앉아

텔레비전 뉴스를 보고 있었어요.

나는 엄마 아빠를 조용히 올려다보았어요.

한국에 와서 처음으로 엄마 아빠를

오래 쳐다보는 것 같았어요.

아빠는 자주 늦게 들어오고,

엄마는 늘 나를 피하니까요.

엄마 아빠 얼굴은 이렇게 생겼군요.

큐 누나랑 쑹 누나랑 닮은 얼굴.

나는 용기를 내서 엄마 아빠가 앉은 소파 위로
폴짝 올라가 아빠 옆에 웅크리고 앉았어요.
엄마는 나를 힐긋 쳐다보았지만
별다른 말은 없었어요.

　　아이고, 우리 알렉스.
　　아빠랑 같이 티비 보려고 왔어?

아빠가 커다랗고 두툼한 손을 들어
내 머리를 쓱쓱 쓰다듬어 주었어요.
아빠의 손은 큐 누나의 손처럼 따뜻해요.

나는 용기를 내서
엄마 아빠가 앉은 소파 위로 폴짝 올라가
아빠 옆에 웅크리고 앉았어요.
엄마는 나를 힐긋 쳐다보았지만
별다른 말은 없었어요.

엄마는 여전히 텔레비전 화면만 보고 있었어요.
그러곤 딱 한마디했지요.

알렉스야,

소파에다 오줌 싸면 혼난다.

나는 웃음이 터질 뻔했어요.
나에게 겁을 주는 척하는 엄마의 목소리가
어쩐지 따뜻하게 들렸거든요.

엄마에게서 자신감을 얻은 나는

쏭 누나와도 친해지고 싶어

소파에 앉아 있는 누나에게

엉덩이를 들이밀기도 하고,

누나를 졸졸 따라다녀보기도 했어요.

그럴 때마다 쏭 누나는 방으로 들어가버렸어요.

휴, 괜찮아요.

기다리다 보면 언젠가는

누나의 가족이 될 수 있을 거예요.

서로의 시간 기다려주기

어느 날이었어요.

쏭 누나가 삼각대를 내 앞에 세워놓고

카메라로 나를 찍기 시작했어요.

내 눈에 플래시를 쏘아대면서 말예요.

나는 깜짝 놀라기도 하고 눈이 너무 불편해서

이리저리 도망 다녔는데,

쏭 누나는 그런 나를 따라다니며

카메라를 계속 들이댔어요.

하하하! 알렉스, 너무 귀여워!
도망가는 엉덩이 좀 봐.

내가 따라다닐 때는 아는 척도 안 하던 누나가
나를 따라다니면서 귀엽다고 야단법석이니
화도 나고 귀찮기도 했어요.
나는 복잡한 심정이 되어
쏭 누나 허벅지를 물어버렸어요.

어머, 얘 좀 봐.

알렉스, 너 대들 줄도 알아?

누나는 나를 보며 활짝 웃었어요.

그 순간, 우리 사이에 놓여 있던 높은 벽이

와르르 무너지는 기분이 들었어요.

마음을 연다는 건 그런 건가 봐요.

어느 순간, 예상치도 못했던 순간에,

아무것도 아닌 일로 한순간에 이뤄지는 것.

어쩌면 그 순간은

그동안 쏭 누나와 나 사이에 켜켜이 쌓인,

서로를 탐색하고, 서로에게 적응하고,

각자의 시간 안에서 서로의 시간을

존중했기 때문에 가능한 일이었는지도 몰라요.

누군가가 누군가의 무엇이 된다는 건

서로의 시간을 기다려주는 일일 거예요.

시간은 각자의 시계로 가거든요.

누군가와 친밀해지는 게 어떤 이에게는

오랜 시간이 필요 없겠지만,

누군가에게는 아주 긴 시간이 필요하기도 해요.

쏭 누나와 나 사이의 벽이 무너지고 난 뒤
우리 둘은 절친이 되었어요.
마치 처음부터 친했던 사이처럼 말예요.
우리는 이제 나란히 앉아
텔레비전도 보고, 간식도 나누어 먹고,
서로의 얼굴을 보며 웃기도 해요.
쏭 누나는 나를 안아주고
부드럽게 이마를 만져주지요.
물론 싸우기도 해요.
쏭 누나가 좋지만 싫을 때도 있거든요.
누나는 가끔 나를 아주 귀찮게 한답니다.

누나는 내 발바닥 만지는 걸 정말 좋아해요.

내 발바닥을 보면 귀엽다며 탄성을 지르지요.

그 많고 많은 예쁜 곳 중에서

왜 하필 발바닥을 좋아하는지 모르겠지만,

나만 보면 발바닥을 만지니까

어쩔 때는 뒷발질을 하고 싶을 때도 있답니다.

인간들은 동물들이 귀엽다며 자꾸 만지려고 하지만

우리도 귀찮고 싫을 때가 많아요.

좋아서 가만히 있는 게 아니라

가족들이 상처받을까 봐 그저 참을 때도 많답니다.

하지만 이마를 만져주는 건 좋아한답니다.

모든 토끼들이 좋아하지요.

존중받고 사랑받는다는 느낌이 들거든요.

아마 이런 느낌은

토끼의 습성에서 온 것인지도 모르겠어요.

토끼는 서로의 이마를 핥아주면서

인사를 나누거든요.

하지만 먼저 핥는 쪽이

서열이 낮은 토끼이기 때문에

"네가 먼저 핥아."

"아냐, 네가 먼저 핥아!" 하면서

기싸움을 하는 일도 있답니다.

쏭 누가가 내 발바닥 만지는 횟수를 반의반만 줄여서

내 이마를 더 많이 만져주면 좋을 텐데 말예요.

서로에게 스며든 시간

어느 날 갑자기 배가 너무 아파
꼼짝도 못하고 끙끙 앓고 있었어요.
가족들은 깜짝 놀라 나를 안고 병원으로 달려갔죠.

알렉스가 좋아하는 음식을 많이 주세요.
변비 때문에 고생하고 있네요.

하지만 입맛이 없는 나는 아무것도 먹지 못했고
어쩔 수 없이 병원 약을 먹어야 했어요.
가족들은 옹기종기 모여 앉아 내 똥만을 기다렸답니다.
누가 보면 내가 황금이라도 낳는 줄 알았을 거예요.
아픈 건 싫지만 아프면 좋은 것도 있어요.
가족들이 날 얼마나 사랑하는지 확인할 수 있거든요.

우리는 이제 서로의 시간에 스며들었어요.
쏭 누가가 출근하는 날은
나도 덩달아 일찍 일어나요.
아빠가 양복을 입으면
현관문 앞에 앉아 출근하는 아빠를 기다리지요.
아빠는 이런 내 마음을 이용해서
병원에 갈 때도 양복을 입어요.

　　알렉스, 이리 와.
　　아빠 양복 입고 출근한다. 인사해야지.

하지만 난 아빠가 뒤에 감춘 케이지를 보았는걸요.
나를 걱정하는 아빠를 생각해서라도 속아줘야겠죠?

까다로운 건 나쁜 걸까?

큐 누나가 없는 동안 쏭 누나는

나의 식사 담당이 되었어요.

누나는 내 까다로운 입맛을 잘 맞춰주고

이해해줘서 정말 좋아요.

쏭 누나는 내가 좋아하는 스매커,

신선한 케일이나 케릿탑,

말린 청경채 같은 신선하고 다양한 종류의 음식을

풍성하게 준답니다.

엄마는 그게 불만이지만요.

엄마는 채소 줄기를 버리는

쏭 누나를 보면 아주 질색을 해요.

나는 채소 줄기를 싫어해서

잎사귀만 먹고 줄기는 거들떠보지도 않거든요.

내가 줄기를 잔뜩 남겨놓으면

쏭 누나는 미련 없이 줄기들을 버려요.

남겨놓더라도 쓸 데가 없으니까요.

그럴 때마다 엄마의 입에서는

잔소리 폭탄이 쏟아집니다.

아니, 언제까지 알렉스 버릇을

그렇게 들일 거야?

저 많은 채소가 아깝지도 않아?

반은 그대로 버리고 있잖아!

물론 나도 채소가 아까워요.

하지만 정말 못 먹겠는 걸 어떡해요.

엄마도 추어탕은 입에도 대지 않잖아요!

나도 나를 잘 모르겠어요.

왜 이런 식성이 생겼는지 말예요.

고쳐보려고 노력했지만 잘 되지 않아요.

하지만 많이 나아진걸요.

예전엔 땅에 떨어진 건 먹지도 않았지만,

이젠 눈치껏 먹고 있답니다.

채소 줄기를 잔뜩 버리는 것에 대한

사죄의 행동이랄까요?

누군가의 삶의 풍경을 바꾸는 일

엄마는 내가 안방에 들어가는 걸 끔찍이 싫어해요.

그래서 "안방은 알렉스 출입금지 구역이야!"라고

선포해버렸지요.

엄마가 이렇게 안방을 원천봉쇄한 이유는

오로지 내 오줌 때문이에요.

하지만 안방에는 넓은 창문도 있고,

누나들 방보다 훨씬 넓은 침대도 있어서

내가 놀기에 딱 알맞은 공간인걸요.

그래서 호시탐탐 안방 문이 열리기만을 기다렸다가

들어가자마자 이곳저곳에 오줌을 싼답니다.

내 냄새를 남겨놓고 싶을 만큼 마음에 쏙 드는

알렉스 출입금지 구역.

내가 안방에서 노는 걸 무척 좋아한다는 걸
잘 알고 있는 쏭 누나는
나를 안고 안방에 들어가 자유를 주지요.
물론 엄마가 없을 때만요!

알렉스, 제발 부탁이야. 오줌만 싸지 말아줘.

처음에는 이렇게 부탁하던 누나였지만
이제는 뒤처리를 깨끗하게 하는 걸로
내 즐거운 취미 생활을 보장해준답니다.
토끼들은 오줌으로 영역을 표시하는 게 본능이니
어쩔 수 없다는 걸 쏭 누나도 알게 된 거지요.

하지만 이런 작은 행복도

오래가지 못했어요.

쏭 누나가 출근을 하게 되면서

나와 함께 있는 시간이

반의반의 반으로 줄어버렸거든요.

출근이란 건 아침 일찍 일어나 저녁 늦게 들어오고

휴일에도 병든 토끼처럼 잠만 자는 생활이더라고요.

퇴근한 누나는 침대와 한 몸이 되어

"피곤해, 피곤해"라는 주문만 외웠어요.

그러면 나는 누나를 물끄러미 바라보다가

침대에 폴짝 올라가 체온으로 누나를 위로해주지요.

누나는 내가 옆에 누우면

"우리 알렉스 왔어?" 하며 반가워하다가

5분도 지나지 않아 잠이 들어버렸어요.

누나가 깨어 있는 시간은

내 이마를 다섯 번도 만져주지 못할 정도로

짧고 짧은 시간이었지요.

눈 깜짝할 시간에 잠에 빠져버리는 누나를 보니

놀아달라고 떼를 쓰면 안 될 것 같았어요.

누군가의 일상은 누군가의 삶의 풍경을

바꿔버리는 일이기도 하다는 걸

나는 쏭 누나를 통해 배웠답니다.

이해받기 어려운 어떤 것

쏭 누나가 출근을 하면서
엄마랑 같이 있는 시간이 많아졌어요.
엄마도 일을 하기 때문에 바쁘긴 하지만,
그래도 엄마는 나를 돌봐주어야 한다는
책임감을 갖는 것 같아요.
쏭 누나는 퇴근하면
방에 들어가 잠자기 바쁘지만,
엄마는 피곤하더라도 내가 굶진 않았는지,
똥오줌은 치워졌는지,
불편한 건 없는지 살펴준답니다.
내가 살이 찔까 봐 간식은 잘 주지 않지만
밥은 꼭 주지요.
물론 뒹굴어 다니던 채소 줄기나
시든 열무나 케일 같은 것이지만요.

밥을 주고 나면 엄마는 코를 킁킁거리며
내 똥이나 오줌을 찾아 온 집 안을 돌아다녀요.
나는 언제나 집 안 어딘가에 오줌을 싸놓거든요.
특히 큐 누나 방 침대에 말이죠.
누나 방에 내가 다녀갔다는 걸 기록하고 싶어서예요.
그럴 때마다 엄마는 기절할 것처럼
천둥 같은 잔소리를 쏟아 붓습니다.

알렉스! 여긴 또 언제 들어온 거야?
내가 아무 데나 오줌 싸놓지 말라고 했지!
이불 빨래가 얼마나 힘든지 알아?
왜 아직도 똥오줌을 못 가리는 거야?
맙소사! 베개에도 오줌을 싸놨네.
알렉스! 너 정말 혼 좀 나볼래?

밥을 주고 나면 엄마는 코를 킁킁거리며
내 똥이나 오줌을 찾아 온 집 안을 돌아다녀요.
나는 언제나 집 안 어딘가에 오줌을 싸놓거든요.
특히 큐 누나 방 침대에 말이죠.
누나 방에 내가 다녀갔다는 걸 기록하고 싶어서예요.

엄마는 잔소리를 쏟아내며

큐 누나 방의 침대보와 이불을 걷어내요.

베갯잇도 벗겨내고요.

엄마는 내 냄새가 싹싹 지워지길 바라고,

나는 큐 누나가 돌아올 때까지

내 냄새가 남아 있길 바라고.

그러다 보니 엄마와 나의 싸움은 끝나지 않아요.

나는 큐 누나가 돌아왔을 때

내가 매일 누나 방에 들어와

누나를 그리워했다는 걸 알았으면 좋겠어요.

그리움이 얼마나 컸는지 누나에게 들려주고 싶거든요.

그래서 나는 엄마가 누나 방에서

내 냄새를 지울 때마다 마음이 아파요.

내일은 또다시 큐 누나 침대 위에 오줌을 싸야겠어요.

간식만큼 맛있는 관심을 주세요

처음 본 순간부터 나를 따뜻하게 대해준 아빠는

가족 중에서 제일 만나기 힘든 인간이에요.

늦게 들어오는 날이 많거든요.

그러니 나랑 놀아줄 시간도 없어요.

하지만 간식은 제일 많이 준답니다.

쏑 누나한테 구박을 받으면서도

누나 몰래 간식을 챙겨주지요.

특히 술을 마신 날에는

간식을 더 후하게 준답니다.

가족들이 잠든 늦은 밤,

아빠가 몸이 빨갛게 되어 들어오면

나는 너무 신이 나서 빙키를 해요.

머리를 흔들며 허리를 비틀고 높이 뛰지요.

아빠가 곧 간식을 줄 테니까요.

물론 아빠가 와서 반가운 마음도 있지만,

그보다는 간식이 더 반가운 건데

아빠는 오해를 하더라고요.

내가 큐 누나보다 아빠를 더 좋아한다고 말예요.

어떤 날은 아빠가
내 케이지를 붙잡고 스쿼트를 할 때도 있어요.

알렉스, 너도 나도 요즘
너무 살찐 것 같아.
어때? 아빠랑 같이 살 좀 빼볼래?

아빠는 내 몸매를 마음대로 평가하고는
케이지를 붙잡고 스쿼트를 시작해요.

헛둘, 헛둘, 헛둘.

열 번이나 했을까요?
아빠는 숨을 헉헉 몰아쉬며
소파에 주저앉아요.

　　케이지가 너무 흔들려서 못하겠다.
　　알렉스, 너도 살 빼야 돼.
　　그렇게 살찌다간 세상에서
　　제일 뚱뚱한 토끼가 된다고!

불행하게도 얼마 뒤, 수의사 선생님도
아빠와 똑같은 말을 했어요.

알렉스는 너무 살이 쪘어요.

이렇게 계속 살이 쪄다간 큰일 나요.

관절도 안 좋아지고 여러 질병에 걸려요

아무리 알렉스가 먹고 싶어 해도

간식을 자꾸 주면 안 돼요.

항상 친절하던 수의사 선생님이

자못 진지한 표정으로 근엄하게 말하자,

쏭 누나는 큰 잘못이라도 저지른 것처럼

수의사 선생님께 고개를 조아리며

연신 고개를 끄덕였어요.

마치 무릎을 꿇고 사과라도 할 것 같았어요.

그날, 쏭 누나는 아빠에게 잔소리를 퍼부었어요.

아빠, 이제 알렉스한테 간식 그만 줘!
선생님이 알렉스 뚱보라고 조심하래!

아빠는 어깨를 움츠리고 쏭 누나 눈치를 보았어요.

아무리 예뻐도 간식 그만 주라고!
그러다 알렉스 굴러다니면 어쩔 거야?

아빠는 아무 말도 못하고
슬슬 쏭 누나 눈길을 피했어요.

아빠가 저렇게 나올 줄은 몰랐어요.

이 집에서 유일한 나의 구세주인 아빠가

내 마음을 몰라주다니,

이제 앞으로의 내 인생에는

먹구름이 잔뜩 끼겠지요.

알렉스, 너는 오늘부터 다이어트야.

아빠도 알렉스랑 같이 다이어트해!

알렉스 혼자 하면 힘들잖아?

이번에 아예 야식도 끊어버리는 게 좋겠어.

쏭 누나의 단호한 태도에

아빠는 마지못해 고개를 끄덕였어요.

먹구름에서 비가 쏟아지는 소리가 들려오네요.

그 후로 내 간식은 반의반의 반의반으로 줄었어요.

엄마든 아빠든 내게 간식을 주려면

쏭 누나의 허락을 받아야 했고,

아빠는 쏭 누나의 명령을 잘 따랐어요.

그래요. 내가 봐도 한국에 와서

살이 많이 찌긴 했어요.

사실 나는 간식이 맛있어서 좋아하기도 하지만,

간식을 주는 가족들의 관심이 좋은 거예요.

내가 간식을 맛있게 먹으면 가족들이

얼굴 가득 미소를 머금고 나를 바라봐주거든요.

나는 맛있는 간식을 먹어서 좋고,

가족들은 내가 행복해하는 걸 보면서

덩달아 행복해져서 좋고.

이런 걸 일석이조라고 하나요?

어느 날은 아빠가 밤 12시가 넘어 집에 돌아왔어요.

얼굴과 온몸이 빨개진 아빠는

도무지 알아들을 수 없는 말을 중얼거렸어요.

나는 커다란 희망을 품고

아빠 뒤를 졸졸 따라다녔어요.

아빠는 나에게 간식을 주지 않겠다고

쏭 누나와 철썩 같이 약속했지만,

빨간 아빠는 평상시의 아빠와는 다르니

간식을 줄지도 모르잖아요?

하지만 빨간 아빠는 온 집 안을 비틀거리며

돌아다니더니 안방으로 쑥 들어가버렸어요.

평상시였다면 빨간 아빠는 내게

미니 바나나라도 꺼내주었을 거예요.

그런데 나에게 간식을 주지 않다니요!

나는 너무나 충격을 받았어요.

그런 내 표정을 본 엄마가

불쌍한 마음이 들었는지

큰맘 먹고 미니 바나나를 하나 주었어요.

하지만 나는 입맛이 없었어요.

아빠의 무관심에 큰 상처를 받았거든요.

아빠의 사랑이 식은 걸까요?

아니면 내가 무슨 잘못이라도 저지른 걸까요?

어쩌면 사랑은 습관

어쩌면 사랑은 습관적으로 바라고

기대하는 감정인지도 몰라요.

내가 아빠에게 자주 서운한 이유가

아직 아빠의 사랑을

믿지 못하기 때문인지도 몰라요.

그러니 습관적으로 아빠에게

사랑을 확인하려 드는 거겠죠.

나의 불안한 마음이 문제일까요,

나에게 확신을 주지 못한 아빠가 문제일까요?

나는 아빠와 뉴스 보는 걸 무척 좋아해요.

아빠가 소파에 앉아 뉴스를 보면

소파 위로 폴짝 뛰어올라가

아빠 옆에 앉지요.

그러면 아빠는 허허 웃으며

내 털을 쓸어준답니다.

그럴 때면 나의 고향 캘리포니아가 떠올라요.

래빗 헤이븐의 자원봉사 할아버지하고도

이렇게 나란히 앉아 뉴스를 보곤 했거든요.

리시야, 봐라.

저렇게 감정이 앞서면 일을 그르치게 된단다.

한 번쯤 멈춰 서서 곰곰이 생각해보면

감정을 다스릴 수 있어.

리시, 인간은 정말 모자라고

못난 짓을 많이 하는구나.

부끄럽기 짝이 없는 짓이야.

할아버지는 손에 담긴 모든 온기로

나를 쓰다듬으며 다정하게 말을 건넸어요.

나는 할아버지 덕분에
힘든 시간을 견딜 수 있었어요.
사람들이 나보고 까칠하다고,
성격이 너무 예민하다며 외면할 때
할아버지만은 나를 이해해주었어요.

　　　리시, 너는 힘든 일을 겪었어.
　　　이렇게 건강하게 자란 것만으로도
　　　기적이란다.
　　　너는 강인한 토끼야.
　　　난 너의 모든 것을 존중해.

아빠도 뉴스를 보면서

내게 많은 이야기를 들려줬어요.

못된 짓을 저지른 사람들을 욕하기도 하고,

앞으로 세상이 어떻게 되었으면 좋겠다는

바람을 이야기하기도 하고,

때론 뉴스 따위 보고 싶지 않다며

텔레비전을 꺼버리기도 하지만,

아빠는 늘 나를 친구처럼 대해주었지요.

가끔 아빠의 목소리에

캘리포니아 할아버지의 목소리가

묻어 있는 것 같은 느낌이 들곤 했어요.

캘리포니아 할아버지는 안녕하실까요?

늘 나를 궁금해하던 할아버지.

토끼는 예민한 동물이라

누군가의 아픔이나 고통을 금방 알아채요.

만약 할아버지에게 안 좋은 일이 있다면

내 마음도 그걸 알아챘을 거예요.

하지만 내 마음이 이렇게 따뜻한 걸 보니

할아버지도 건강히 지내고 있나 봐요.

할아버지도 가끔 내 생각을 해줄까요?

어느덧 내가 자라

이렇게 털갈이 중이라는 것도 알까요?

\# 세상에서 제일 참기 어려운 건
　재채기와 그리움

큐 누나가 중국으로 떠나고
많은 시간이 흘렀어요.
나는 큐 누나가 보고 싶어요.
물론 가족들은 큐 누나 없이
혹시 내가 심심하고 외로울까 봐
많은 시간을 함께해주지만
큐 누나가 보고 싶은 건
어쩔 수 없어요.

나는 큐 누나가 그리워질 때면

누나 방에 들어가요.

큐 누나 방에서는 누나 냄새가 나거든요.

점점 희미해지고 있지만요.

나는 누나 방 침대 위에 오줌과 똥을 두고 나와요.

하지만 이 흔적은 곧,

엄마의 커다란 비명소리와 함께

모두 지워지고 말겠지요.

엄마가 내 흔적을 지우면 어쩔 수 없어요.

큐 누나가 올 때까지 계속 누나 방에 가서

똥오줌을 두고 나올 수밖에요.

엄마가 내 마음을 알아줬으면 좋겠어요.

말썽을 부리고 싶거나 불만이 있어서

큐 누나 침대 위에 똥오줌을 싸는 게

아니라는 걸 말예요.

내 마음을 들여다본다면

엄마도 나를 이해해주지 않을까요?

인간들이 서로 싸우고 미워하는 이유 중의 하나는

상대의 마음을 보지 못하기 때문일 거예요.

그런 걸 인간들은 '오해'라고 하나요?

큐 누나 방에 몇 번의 똥오줌을 두고 나왔을까요?

어느 날, 아빠가 큐 누나에게

영상 전화를 걸어주었어요.

나는 눈물이 날 만큼 반가웠어요.

하지만 뭐가 문제인지

영상이 자꾸 뚝뚝 끊어지지 뭐예요.

큐 누나는 마치 그림처럼

전화기 화면 속에서 활짝 웃고만 있었어요.

나는 핸드폰 화면에 코를 갖다 대며

누나 냄새를 맡아보았어요.

큐 누나 냄새는커녕

아빠의 로션 냄새만 났어요.

큐 누나에게 내가 얼마나 컸는지,

털이 얼마나 빠지고 있는지,

얼마나 많은 근육이 생겼는지,

가족들과 얼마나 친해졌는지 보여주고 싶었지만,

누나는 내내 웃고만 있었어요.

핸드폰이라는 물건은 사람을 기대하게 만들어요.

만약 핸드폰이 없었다면

그리움이나 외로움의 크기와 무게가

이렇게 크고 무겁지는 않았을지도 몰라요.

"왜 전화를 걸지 않는 거야?"

"왜 소식을 전해주지 않는 거야?" 하면서

실망하고 자꾸만 기대하게 되니까요.

나는 말썽을 피우는 게 아니에요

개들은 산책을 좋아해요.

하지만 고양이는 싫어하죠.

토끼는 산책을 좋아하기도 하고 싫어하기도 해요.

나는 산책을 좋아해요.

하지만 사람들은 무섭죠.

그래서 한국에 온 뒤로는

산책을 나간 적이 단 한 번도 없어요.

집에서만 지내다 보면 너무 심심해서

울고 싶어질 때가 있어요.

그래서 나는 재미난 취미거리를 찾아냈어요.

나의 단단하고 씩씩한 이빨을 이용하는 놀이예요.

이로 물어뜯고 갉아대는 토끼들의 행동을

인간들은 장난이나 말썽이라고 부르지만,

그렇지 않아요.

고양이가 벽에 발톱을 갈고,

코끼리가 나무 등걸에 상아를 비비고,

두더지가 땅을 파헤치는 것처럼

동물들은 태어날 때부터 가지고 있는

저마다의 본성이 있어요.

자연에서라면 이런 본성은 아무 문제없지만

사람들과 함께 살아가기 시작하면서

골칫거리가 되고 말았죠.

내가 집 안의 벽지를 뜯고 가구를 갉아놓는 이유도

내가 토끼이기 때문이에요.

토끼들은 이빨이 자라거든요.

그러다 보니 이빨이 간지러워서 참을 수가 없어요.

어디에든 이빨을 갈지 않으면

이가 혀를 뚫고 나오기도 하니까

우리로서는 어쩔 수 없는 일이기도 하죠.

그래서 나는 우리 집에서 이로 갉을 만한

작업물 세 가지를 포착했어요.

바나나나무로 만든 내 은신처,

부엌 찬장 밑나무,

거실의 등나무 탁자.

부엌 찬장 밑나무는 엄마가 절대 못하게 해서

아주 조금씩, 엄마가 못 알아볼 정도로만 갉았어요.

거실탁자는 꽤 오래된 등나무 가구인데,

탁자의 양 옆이 등나무로 엮어져 있어요.

내가 이를 갈기에도 좋고

얼굴을 구멍 사이로 넣었다 뺏다 하며

놀기에도 좋은 탁자랍니다.

아쉬운 점이라면 내 큰 엉덩이가

그 공간을 통과하지 못한다는 점이에요.

그래서 나는 내 엉덩이가 통과할 만큼만

구멍을 뚫기로 마음먹었어요.

이 작업은 두 달 동안 계속되었어요.

처음에는 못하게 말리던 가족들도

내가 너무 열심히 갉으니 포기하더라고요.

심지어 쏭 누나는 등나무 중간에

박힌 못까지 다 뽑아주었답니다.

네가 그렇게 하고 싶다는데

어떻게 말리겠니.

자, 마음껏 갉어!

나는 넘치는 에너지를 이 작업에 다 쏟아부었어요.

등나무를 갉을 때면 쓸데없는 생각도 들지 않고,

큐 누나에 대한 그리움도 잠시나마 잊을 수 있고,

온전히 몰입할 수 있었지요.

아무것도 생각하지 않는 순간이

이렇게 즐거울 수도 있다는 걸 알게 되었답니다.

그리고 결국! 마침내! 드디어!

내 엉덩이도 거뜬히 통과할 만한

구멍이 만들어졌어요!

나는 너무 기뻐서 쏭 누나 앞에서

빙키를 했어요.

누나도 손뼉을 치며 같이 기뻐해줬어요.

나는 내가 뚫어놓은 구멍 사이로

엉덩이를 넣었다 뺐다 하며

쏭 누나에게 내 실력을 뽐냈어요.

누나는 내 이마를 따뜻하게 만져주고는

사진도 찍어주었답니다.

역시, 우리 알렉스!

예술가 기질이 다분해!

훌륭해, 알렉스!

사랑과 행복은 전염돼요

아빠는 요즘 눈코 뜰 새 없이 바빠요.

일 때문에 중국에 가야 한대요.

나는 '중국'이라는 말에 귀가 쫑긋 섰어요.

중국은 큐 누나가 있는 나라잖아요.

큐 누나는 벌써 한 달 넘게 중국에 머물고 있어요.

중국은 내가 갈 수 없는 나라예요.

중국에 가려면 계류장에 한 달을 머물러야 하거든요.

한 달 동안 계류장에 갇혀 있는 일은

감당하기 힘든 일이에요.

그래서 나는 중국에는 가지 않겠다고 마음먹었어요.

아빠는 도착하자마자 큐 누나와 함께

영상 전화를 걸겠다고 약속했어요.

나는 청소기, 세탁기, 선풍기처럼

커다란 소리를 내는 인간의 물건들을

싫어하지만, 핸드폰이라는 물건은 좋아요.

먼 곳에 있어도 서로 연결된 듯한 느낌이 들거든요.

아빠가 빨리 중국으로 떠났으면 좋겠어요.

가끔 엄마가 쏭 누나에게

변덕이 죽 끓는다고 하던데,

이런 걸 뜻하는 말일까요?

나는 너무 즐겁고 신나면 빙키를 해요.

자주 하지는 않지만요.

그런데 빙키를 하지 않을 수 없는 일이

일어났지 뭐예요!

중국에 도착한 아빠가

큐 누나와 함께 영상 전화를 걸어온 거예요.

기대가 크면 실망도 크니까

기대하는 마음을 내려놓고 있었거든요.

내가 너무 즐거워하니 쏭 누나도

덩달아 신이 나서 큐 누나를 반겼어요.

내가 알기에 쏭 누나는 큐 누나를

저렇게 보고 싶어 하진 않았는데 말이죠.

사랑과 행복의 감정은

다른 사람에게도 전염되나 봐요.

나는 핸드폰 화면에 코를 박고
큐 누나 얼굴을 자세히 보려고 애썼어요.
하지만 쏭 누나는 그렇게 가까이 가면
보고 싶은 것도 보이지 않는다며
조금 멀리 떨어져보라고 했어요.
누나 말대로 하니 큐 누나와 아빠 얼굴이
더 잘 보였어요.

　　알렉스 안녕?
　　그동안 털이 더 빠졌구나.
　　그러다 너 알몸되는 거 아니니?

아빠는 중국에 가서도 농담이네요.
이번에도 웃기지 않았지만요.

알렉스, 잘 있니?

누나가 정말 미안해.

여기 생활이 정말 너무 바빠.

공부해야 할 거리가 산더미야.

학회나 세미나에도 참석해야 해.

하루가 모자랄 지경이야.

그래서 연락을 못했어.

누나 곧 한국으로 돌아갈 거야.

그때까지 건강하고 재밌게 보내!

내 마음이 항상 편안하고 따뜻했던 걸 보면

누나는 나를 잊은 게 아니었어요.

나는 큐 누나가 나를 여전히 사랑하고 있고,

마음에 담고 있다는 걸 알았어요.

나는 말을 할 수 없는 토끼지만,

말은 때로는 보잘것없고, 때로는 위험하고,

때로는 불필요하다는 걸 알아요.

그래서 동물과 사람이 친구가 되고

가족이 될 수 있는 거겠지요.

내 감정에 정직해지기

나는 이제 예전처럼 사람을 무서워하지 않지만,

그래도 처음 보는 사람은 조금 겁이 나요.

어느 날, 집에 낯선 손님이 찾아왔는데

나는 겁이 나서 엄마를 졸졸 따라다녔어요.

그런데 엄마 뒤에 너무 바짝

붙어 있었던 게 문제였죠.

엄마가 뒤로 발을 내딛다가

그만 내 발을 밟아버렸지 뭐예요.

얼마 전에도 엄마가 방문을 세게 닫다가

내 앞발이 문틈에 껴서 고생한 적이 있는데,

이번에도 엄마하고 나 사이에

이런 사고가 일어났어요.

다행히 문틈에 끼었을 때보다는 아프지 않았고,

크게 다치지도 않았지만,

엄마와 나 사이에 왜 이렇게 자꾸

사고가 나는지 모르겠어요.

엄마가 소리를 지를 때만 빼면

이제 나는 엄마가 무섭거나 밉지 않지만,

엄마랑 자꾸 이렇게 어긋나다 보니

'우리 사이는 정말 좋아질 수 없는 걸까?'

그런 생각이 들기도 해요.

마음 같지 않게 자꾸 어긋나고

서로 오해가 쌓이다 보니

조금 지치는 것도 사실이죠.

만약 내가 말을 할 수 있다면

엄마랑 앉아서 이런 문제에 대해

이야기라도 나눠보겠지만,

그럴 수 없으니 답답한 마음만 점점 더 커져가요.

하지만 내가 누군가요?

이래 봬도 많은 일들을 이겨내고,

그래서 생각이 깊어진

생각 토끼 아니겠어요?

마음은 참 가볍지요.

작은 일에도 자주 흔들리고 변한답니다.

래빗 헤이븐에 살 때도 그랬어요.

어느 날은 요란하게 지저귀는 새소리도

아름다운 노랫소리로 들리지만

어떤 날은 새들의 부리를 물어버리고 싶을 만큼

거슬릴 때도 있어요.

어떤 날은 아무리 맛있는 루꼴라를 먹어도

맛있는지 모르다가,

또 어떤 날에는 코끝을 스치는 바람마저도

맛있을 때가 있지요.

그래서 나는 마음을 믿지 않아요.

내 마음을 자세히 들여다보고

지금의 마음을 인정할 뿐이에요.

요란하게 짖어대는 새소리조차

즐겁게 들리는 날은

신선한 샐러리를 잔뜩 먹은 날일 테지요.

어쩌면 자원봉사자들에게

칭찬을 많이 받은 날이거나요.

똑같은 새소리가 시끄럽게 들리는 날은

입양 행사에서 아무도 날

쳐다보지 않은 날일 거예요.

그런 많은 일들을 겪고,

그런 많은 감정을 느끼고 나니

나는 감정의 결과보다는

원인에 대해 생각하게 됐어요.

감정의 많은 원인은

나 때문이란 걸 알게 되었지요.

내가 우울해서, 화가 나서, 슬퍼서, 외로워서….

그렇게 마음을 들여다볼 줄 알게 되면서

감정에 정직해질 수 있었어요.

그러니까 엄마랑 나는

그저 가끔 부딪치는 사이인 거예요.

가끔은 불편하고 때로는 미운 사이.

그냥 그런 사이인 거예요.

내 존재가 누군가에겐
   기쁨이 될 수 있어

알렉스가 오고 나서 우리 말야,
좀 친해지지 않았어?

식탁에 앉아서 밥을 먹고 난 쏭 누나가
물을 마시며 엄마에게 물었어요.
엄마는 수저를 들어 올리다가 고개를 갸웃하며
"그런가?" 하고 되물었어요.

예전에는 우리
하루에 열 마디도 안 했을걸?

그러고 보니 그렇네.

좋은 얘기든 안 좋은 얘기든

알렉스 때문에 많은 대화를 하고 있구나.

생각해보니 정말 그런 것 같아요.

큐 누나 집에 처음 왔을 때

가족들은 각자 자기 방에서 많은 시간을 보냈어요.

거실은 텅 비어 있거나 한 명씩 들고 나는 정도였죠.

하지만 언제부터인가 거실에

가족들이 하나둘 모이기 시작했어요.

아빠가 소파에 앉아 뉴스를 보고 있으면

나는 폴짝 뛰어올라

아빠 옆에 앉아 함께 뉴스를 봐요.

그러면 물 마시러 나왔던 엄마가

물컵을 들고 아빠 옆에 앉지요.

화장실 가려던 쏭 누나는 볼일을 보고 나서

내 옆에 앉아 나를 쓰다듬어주고요.

그렇게 나란히 앉아 텔레비전을 보다가
이런저런 이야기를 나눈답니다.
내가 너무 살이 쪘다거나,
건초를 바꾸는 게 어떻겠냐거나 하는.
나는 혹시 가족들이 내 간식을 줄이지 않을까
귀를 바짝 세우고 이야기에 귀를 기울입니다.
요즘 저의 가장 큰 걱정이 바로 간식 문제거든요!

모두 똑같은 기준의 '어른'이
　되어야 하는 건 아니야

큐 누나랑 쏭 누나는 내가 무엇을 먹는지,
무엇을 먹어야 하는지 관심이 많아요.
언제나 내 입맛에 잘 맞고
내가 맛있어 하는 음식을 주려고 하지만
어쩔 땐 이해 안 되는 결정을 내릴 때도 있답니다.

　　알렉스도 이제 어른 건초로 넘어갈 때가 됐어.
　　다른 토끼들은 6개월이 되면
　　어른 건초를 먹는대.
　　알렉스도 이젠 더 이상 아기 토끼가 아니니까
　　어른 건초를 먹어야 해.

큐 누나가 결심이 선 듯 말했어요.

근데 알렉스가 어른 건초를 싫어해.

아직 아기인가 봐.

쏭 누나의 대답에 큐 누나는 단호하게 말했어요.

싫어도 어쩔 수 없지.

나이에 맞게 살아야 해.

알렉스도 이제 어른이 돼야지.

다들 떠밀리듯 어른이 되는 거잖아.

그런 걸까요?

인간들은 나이에 따라 책임져야 하는

많은 부분들이 생기나 봐요.

그걸 '어른이 된다', '철이 든다'라고 표현하고요.

하지만 억지로 짊어진 책임감이라면

누구나 숨이 막힐 거예요.

모두 똑같은 기준의 '어른'이

되어야 하는 건 아니잖아요?

6개월이 된 토끼는

인간의 나이로는 열여섯 살쯤이래요.

열여섯 살 토끼가 무엇을 먹고,

어떻게 행동해야 하는지 잘은 모르지만,

나는 캘리포니아에서 태어나

래빗 헤이븐에서 살다가

큐 누나를 만나 한국으로 온

알렉스처럼 살고 싶어요.

그리움과 기다림이 만나면
   사랑이 돼요

아빠가 오후 5시쯤
중국에서 돌아온다는 소식을 들었어요.
어느 유명한 사막여우가 그랬다죠?
네가 4시에 온다면 나는 3시부터 행복해질 거라고.
나는 2시부터 행복해졌어요.
하지만 행복한 만큼 기다리는 시간이
너무 길고 지루하게 느껴졌어요.

나는 현관문 앞에 바싹 붙어 앉아

귀를 쫑긋 세우고 현관문 밖의

발자국 소리에 귀를 기울였어요.

이제 나는 가족들의 발자국 소리만 들어도

누구인지 알 수 있을 정도가 되었어요.

가족들은 생김새만큼이나

발자국 소리도 저마다 다르거든요.

5시 조금 넘어서 드디어

아빠의 발자국 소리가 들려왔어요.

쿵, 쾅, 쿵쾅, 쿵쾅

나는 아빠라는 걸 단번에 알아챘어요.

너무 기뻐서 현관문을

내가 직접 열고 싶을 정도였지만

아무렇지 않은 척 방석 위에

점잖게 앉아 있었어요.

알렉스, 잘 있었어?

우리 알렉스 더 잘생겨졌네?

나는 아빠에게 엉덩이만 보인 채 돌아앉았어요.

내가 얼마나 심심했는지

아빠가 알아주길 바랐거든요.

그때 아빠가 불쑥, 자동차 모형과 경극 인형,

그리고 토끼 인형을 내밀었어요.

나는 인형을 정말 좋아해요.

폭신폭신하고 따뜻하게 기댈 수 있으니까요.

아빠는 항상 늦게 들어오고,

집에 있을 때도 뉴스 볼 때 말고는

늘 책상 앞에서 공부를 하기 때문에

나는 아빠가 내가 뭘 좋아하는지 모르는 줄 알았어요.

나는 너무 신이 나서 아빠 앞에서 빙키를 했어요.

아빠도 너털웃음을 지으며 즐거워했지요.

인형 선물이 이렇게 기쁜 거야, 알렉스?

곧 큐 누나도 올 건데 그때는 어쩌려나?

행복도 연습이 필요해

혹시 내가 잘못 들은 걸까요?

나는 빙키를 멈추고

아빠를 올려다봤어요.

아빠는 활짝 웃으며 고개를 끄덕였어요.

큐 누나가 곧 돌아온다는 말이

사실인가 봐요.

이렇게 좋은 일이 한꺼번에 닥치면

나는 적응이 안 돼요.

조금 걱정이 되기도 해요.

혹시 나쁜 일이 한꺼번에 오려고

이러는 건 아닐까?

하지만 걱정은 행복의 크기를 작게,

자꾸 작게 만들어요.

행복의 크기만큼 충분히 느끼는 것,

그게 내가 배운 삶의 태도예요.

나쁜 일이 닥쳤을 때도 마찬가지예요.

불행을 그 크기만큼만 받아들이는 거죠.

물론 배움과 실천은 다른 문제여서

잘 알고 있어도 실천하기란

쉬운 일이 아니라는 걸 알아요.

그래서 행복도 연습이 필요해요.

나는 오늘도 행복을 연습하고 있어요.

어떤 그리움은 괜찮아

사실 나는 한국에 오기 싫었어요.

나처럼 소심하고 겁 많은 토끼가

고향을 떠나 이렇게 먼 곳에 오리라고는

상상도 못했어요.

큐 누나가 한국에 가야 한다고 했을 때

나는 배고픈 사자에게 쫓기는 기분이었어요.

이제 끝없이 달아나는 일만 남았구나 싶었죠.

한국에 처음 도착했을 때도 마찬가지였어요.

미국에서는 항상 카펫만 밟아왔는데,

한국은 카펫 대신

장판이라는 미끌미끌한 걸 쓰더라고요.

익숙하지 않은 나는 장판 위에서 자꾸 미끄러졌고,

마음껏 걷지 못하게 되자

다시 한 번 불행해졌어요.

래디시 잎이나 이탈리안 파슬리를

마음껏 먹을 수 없다는 사실에도

나는 절망했어요.

하지만 이제는 알아요.

무청이 래디시 잎만큼 맛있고,

미나리가 이탈리안 파슬리만큼

향기롭다는 걸 말예요.

큐 누나가 중국에서 돌아오면

나는 이제 캘리포니아로 돌아가요.

따뜻한 햇살과 달큰한 바람이 불어오는 곳.

내가 태어나고, 내가 버려지고,

내가 큐 누나를 만난 곳으로 말예요.

캘리포니아로 돌아간다는 건,

가족들과 헤어져야 한다는 뜻이에요.

하지만 이제 나는

이별이 예전처럼 아프지 않아요.

이별이 아픈 건 그리움 때문일 테죠.

인간들은 그리움을 어떻게든 없애려고 하지요.

항상 옆에 두거나

한시도 떨어지지 않으려는 방식으로요.

하지만 그렇게 해서 하나의 그리움을 채우더라도

또 다른 그리움이 자라는걸요.

나도 그랬어요.

캘리포니아의 래디시에 대한 그리움을

한국의 무청이 채워주면,

다음에는 래빗 헤이븐의 할아버지가 그리워지고,

그 그리움을 아빠가 채워주면,

이번에는 중국으로 공부하러 간

큐 누나가 그리워지고,

그 그리움을 가족들이 채워주면,

문득 얼굴도 한 번 본 적 없는

엄마, 아빠가 그리워졌어요.

엄마, 아빠에 대한 그리움은

나로서는 해결할 수 없는 그리움이에요.

그 그리움에 도달해서야 깨달았죠.

그리움을 완전히 없앨 수 없다는 사실을요.

어떤 그리움은 있어도 괜찮아요.

따뜻한 기억이 되고 추억이 되기도 하거든요.

그리움이나 외로움을 나쁘다고 꺼내 없애려는 것,

나는 이게 불가능하다는 걸 알았어요.

캘리포니아를, 미국산 간식을, 친구를,

큐 누나를, 엄마 아빠를 그리워하면서

알게 된 깨달음이랍니다.

나는 태어나자마자 버려졌고,

두 번이나 파양을 당했고,

열여섯 번 입양 행사에 참여해서

열여섯 번 돌아온 캘리포니아 토끼 알렉스예요.

하지만 나는 버려진 불행한 토끼가 아니라,

사랑을 받고 사랑을 주기 위해

마음을 담금질하고 있던 토끼예요.

내 마음속에서 자라난 사랑은

이제 어딜 가도 무뎌지거나 사라지지 않을 거예요.

그러니까 우린 헤어지는 게 아니라

다시 만날 준비를 하는 거예요.

한국을 떠나는 날,

나는 조금 울지도 모르지만

그리움을 간직한

근사하고 의젓한 토끼 알렉스가 되는 거예요.

그리움을 꺼내 따뜻하게 추억할 수 있는

어른스러운 토끼 알렉스가 되는 거예요.

저 아이,

한 번만 안아봐도 될까요?

나는 버려진 불행한 토끼가 아니라,
사랑을 받고 사랑을 주기 위해
마음을 담금질하고 있던 토끼예요.
내 마음속에서 자라난 사랑은
이제 어딜 가도 무뎌지거나 사라지지 않을 거예요.
그러니까 우린 헤어치는 게 아니라
다시 만날 준비를 하는 거예요.

알렉스는 오늘도
행복을 연습해

1판 1쇄 인쇄 2019년 7월 30일
1판 1쇄 발행 2019년 8월 7일

지은이 알렉스 한   **그림** 안다연

발행인 양원석   **본부장** 김순미
편집장 최은영   **디자인** RHK 디자인팀 박진영, 김미선
해외저작권 최푸름   **제작** 문태일, 안성현
영업마케팅 최창규, 김용환, 양정길, 이은혜, 신우섭, 윤우성
            유가형, 조아라, 임도진, 김유정, 정문희, 신예은

펴낸 곳 ㈜알에이치코리아
주소 서울시 금천구 가산디지털2로 53, 20층(가산동, 한라시그마밸리)
편집문의 02-6443-8888   **구입문의** 02-6443-8838
홈페이지 http://rhk.co.kr   **등록** 2004년 1월 15일 제2-3726호

ISBN 978-89-255-6721-1 (03810)